SHIGUANZHONGDA DE
TUYA

事关重大的涂鸦

- （英）芭芭拉·米切尔希尔 著
- （英）托尼·罗斯 绘
- 邱 卓 译

语文出版社
·北京·

图书在版编目（CIP）数据

事关重大的涂鸦 /（英）芭芭拉·米切尔希尔著；（英）托尼·罗斯绘；邱卓译. -- 北京：语文出版社，2021.6
ISBN 978-7-5187-1255-7

Ⅰ. ①事… Ⅱ. ①芭… ②托… ③邱… Ⅲ. ①儿童故事－图画故事－英国－现代 Ⅳ. ①I561.85

中国版本图书馆CIP数据核字(2021)第079617号

责任编辑 过 超
装帧设计 刘姗姗
出　　版 语文出版社
地　　址 北京市东城区朝阳门内南小街51号　100010
电子信箱 ywcbsywp@163.com
排　　版 北京光大印艺文化发展有限公司
印刷装订 北京市科星印刷有限责任公司
发　　行 语文出版社　新华书店经销
规　　格 890mm×1240mm
开　　本 1/32
印　　张 2.25
版　　次 2021年6月第1版
印　　次 2021年6月第1次印刷
印　　数 1～3,000
定　　价 25.00元

📞010-65253954（咨询）　010-65251033（购书）　010-65250075（印装质量）

北京市版权局著作权合同登记号：图字 01-2020-5770 号

First published in 2007 under the title of Serious Graffiti by Andersen Press Limited, 20 Vauxhall Bridge Road London SW1V 2SA.

Text copyright©Barbara Mitchelhill, 2007

Illustrations copyright©Tony Ross, 2007

All rights reserved.

www.andersenpress.co.uk

This Simplified Chinese edition distributed and published by Language and Culture Press with the permission of Andersen Press Limited.

本书简体中文版由安德森出版有限公司独家授权语文出版社出版发行，简体中文专有出版权经由 Bardon Chinese Media Agency 取得。

第 一 章

你也许知道我的名字。我叫达米安·杜鲁斯,超级神探,顶级侦探。我破过数不清的案子。给你们讲一个发生在我们学校的案件吧,它特别麻烦,校长束手无策,警察也没有办法。最后,是我搞定了它。

我是在周四的一节数学课上知道这个案子的。校长斯普拉特先生走进我们班。我一眼就看出他正在气头上。因为他愤怒的时候，眼睛就会从眼镜上方向外瞟。

"我有件很严肃的事情要告诉你们所有人，"他对全班同学说，"有人在男厕所的墙上喷了涂料，这种涂

鸦行为是非常可耻的,油漆工们刚完成粉刷,现在又得重做了。"他从眼镜上方向外瞟着,用豆子般的黑眼睛扫视每一个人。

"我希望和这件事有关的人明天放学前来我办公室,否则……"我们等待着一个糟糕的消息,"否则全校

学生都将受罚。"

叹气声在教室里此起彼伏。

"这不公平，先生，"温斯顿说道（我觉得他真勇敢），"又不是我们干的。"

"我不管公不公平，"斯普拉特先生说，"肯定有人知道这是谁干的。来不来告诉我，是你们的事。"说罢，他拂袖而去。

我们都愣住了。大家垂头丧气地坐在那里，想着校长会怎么惩罚我们。他会把今年所有的足球赛都取消吗？他会让我们星期六来上学吗？他会让我们写成千上万字的小论文吗？

我们的老师——伍里堡先生，看

起来忧心忡忡。

"坏消息,坏消息。"他一边说,一边摇着头。

就在这时,陶德站起来说话了:"别担心,伍里堡先生。我们很快就

能找出来是谁干的。"

伍里堡先生叹了口气，说："你打算怎么办呢，陶德？"

"咱们有达米安啊！对他来说，追查这种案子花不了多长时间。"全班同学的目光都转向了我。

"这得看情况。"我神秘兮兮地说，"我得去检查犯罪现场，搜集线索，等等。这可能需要很长时间。"

同学们开始问我各种各样的问题："你打算从哪儿开始查？""你发现线索后怎么分析？""如果那个罪犯很危险呢？"

他们一直问来问去，直到伍里堡先生拍手让我们安静。

之后，我们班同学花了好些时间来讨论厕所的涂鸦——真是棒极了，这样我们就不用做算术题了。但是，正聊得起劲儿，伍里堡先生觉得我们该做作业了。

我不怎么喜欢数学，于是说："如果您允许的话，我现在就可以去犯罪现场。"

"把你的作业做完再说，达米安。"

"但是我得尽快寻找线索。"

伍里堡先生给我了一个值得玩味的表情，他的双颊红了。"不着急，达米安，继续做你的作业。"

我不认为这是个好主意。时间过

去这么久，犯罪现场可能都凉①了。我决心去检查一下这个涂鸦。

我把头埋在书本中，假装写作业。两分钟后，我站了起来，重心从一只脚换到另一只脚，摇摇晃晃，挥着手，

---

① 这是侦探们使用的一句"行话"，意思是犯罪现场被搁置得越久，线索消失的可能性就越大，因为犯罪现场可能会被人破坏。

想让伍里堡先生注意到我。

"又怎么了,达米安?"

"我想去厕所,先生。"我说道。

伍里堡先生皱了皱眉,说:"你在瞎说。"我很吃惊:"说真的,我等不了了,我快憋死了。"

他看起来不太高兴,说:"好吧,但别去太久。"

"不会的。"我说着,向门口走去。开门之前,我又转过身,问道:"温斯顿能和我一起去吗?我……我感觉不太舒服。"

"当然不行,"伍里堡先生说,"他有作业要写。"

"那哈里呢?"

"哈里也有作业要写!"

"陶德呢?"

"不行!不行!不行!"他大喊着,用手拍着桌子,"马上去,达米安,五分钟后回来,不然你就有麻烦了。"

五分钟!这对于一个要去检查涂鸦和寻找线索的人来说可不太够。我沿着走廊往外跑,希望犯罪现场还没被破坏。

第二章

吃饭的时候,我的侦探小队成员,哈里、陶德和温斯顿都在等我。

"涂鸦是什么样的,达米安?"

"不堪入目,"我说,"你们从没见过那样的东西。"

"给我们说说呗。"

"好吧,上面写的是'滚开[1],期普啦特'。"

"不会吧!"

"而且这个人把斯普拉特的'拉'多加了一个"口"字旁,写成了'啦';还把"斯"字写成了'期'。"

"就连拉芙都会写'斯',"陶德说道,"而且她才六岁。"

---

[1] 英文中的"滚开"还有"迷路"的意思。下文中,达米安利用这一点出题,诱导罪犯写字,详见第17页。

我还找到了其他线索。我从兜里掏出来一截卫生纸,打开,给他们看上面的红色块状物。

"这是什么?"温斯顿问道。

"涂料。我从涂鸦上刮下来的,侦探们常常这样做,这叫取证。"

"这有什么用呢?"温斯顿又问。

"显而易见,我能分辨出罪犯用的是哪种涂料。"

"所以呢?"

"所以我就可以去涂料店比对一番。"

我从兜里掏出另一张纸,上面有一块绿色涂料。

"看,他用了两种颜色。现在我就去买两罐一模一样的涂料。"

"为什么?"

"我有个计划。"

我尽可能地把这个计划解释清楚:"我会把这些涂料罐带到男厕所,放在地板上。"

他们都张着嘴傻站在那儿,看得出来,他们根本没明白我要如何破案。毕竟,他们还没出师呢!

"你们看,"我说,"当那个罪犯走进厕所,会注意到那些涂料罐,他会以为那是自己涂鸦之后落下的,肯定会把它们捡起来。"

"但我们怎么知道是谁呢?"

"我们就在厕所蹲守。我们有四个人,轮流过去,我可不想让伍里堡先生起疑。"

哈里直勾勾地望着我。"你肯定是在开玩笑,达米安。"他说,"这是我听过最蠢的点子,肯定不好使。"

"就是!"温斯顿说,"任何人都能进去把涂料罐捡起来,这不能说

明他就是罪犯。"

他们提出一连串的反对意见。我试着解释，但不管用，他们不同意我的计划。于是我又想出一个计划，这个更加高明。

"我们举办一个比赛，"我说，"所有参赛的人都要写字，我们从中找出那个写错'拉'字和'斯'字的人。找到他，就能找到那个涂鸦的人啦！"

我不得不让他们相信，这是我们唯一能尽快破案的办法，因为吃饭时间只剩二十分钟了。

我们把一张长桌从艺术室搬到车棚后面。我写了一张海报，把它贴在墙上。

> 超棒的竞赛
>
> 只需回答两个简单的问题
>
> 便可赢取大奖
>
>

"我还是觉得这招不管用，"哈里说，"咱们连个奖品都没有。"

"这个我们待会儿再说。"我边说，边在另一张纸上写下问题。

> 给句子填空：
>
> 要是没有地图的话，你可能会_____。
>
> 我们校长的名字是_____。

知道我是如何引导他们写出那些被涂在厕所墙上的字了吧？真是天才之举。

关于比赛的消息很快在校园里传开了，我们被急着想要报名的孩子们围住了。我从笔记本上撕下纸，给他们一人发一张。笔记本撕完了，我就用数学作业本——我会跟伍里堡先生说我把它弄丢了。

他们写完后，我们把答卷收了上来。这时有个小孩问："奖品是什么呢，达米安？"

我眨了眨眼："你就等着看吧。"

有几个人比较难缠，想逼我告诉他们奖品是什么，被我拒绝了。

"你这个骗子!"有人喊道,"我敢说根本就没有奖品。"

这之后,情况有些失控。有几个男生推搡了起来,几个女生也加入"混战"。

好在上课铃响了,我们得进教室了。

最重要的是，我们有了那些答卷。正如每个侦探都知道的，证据是至关重要的东西，而它就在答卷上。放学后，我们就可以查看这些答卷，找出那个在厕所墙上涂鸦的人。

第 三 章

放学后,我们绕道去了公园,陶德的妹妹拉芙也过来帮忙。我们坐在一个大台子上,仔细检查每一份参赛答卷,比对笔迹。不一会儿,温斯顿就跳了起来,挥舞着手上的纸。

"我抓到他了!"他喊道,"这家伙把'斯普拉特'的'拉'写成了'啦'!"

"谁写的?"陶德问。

"乔治·约翰逊!"

"哇!"哈里说,"我一直以为他特别害羞呢!"

"不过是掩饰得比较好,"我解释道,"罪犯都是这个样子。"

温斯顿把纸片递了过来,我检查了一下,立刻看出乔治·约翰逊是无辜的。

"不是他。"我说。

"为什么呢?"

"因为这个'斯'写对了。那个涂鸦的人把'斯'写成了'期',记得吧?"

温斯顿看起来很失望。

"干得不错,温斯顿。但咱们还得继续找。"

我们继续找着。陶德发现了另一个把"拉"写错的人,接着哈里也发现了一个,拉芙发现了两个。

我有些烦了。"难道就没人知道它怎么写吗?"我问道。

后来,我们又找到一堆写不全校长名字,但会写"拉"的人。

还剩十五张卷子要检查，我们又累又饿。幸好陶德带了包薯片，我们边吃边休息了一会儿。

准备继续查找之前，我再次提醒大家要找的线索是什么——和侦探学员打交道的时候，最好还是把事情说清楚一点。

我们刚看了几分钟，拉芙就说："我找到了，达米安。我找到那个罪犯了。"她高兴得上蹿下跳，就像在一张蹦床上。

我过去看了看她正在挥舞的那张纸。她是对的，"斯普拉特"的"拉"多了一个"口"，而且"斯"写成了"期"。

"棒极了!"我说,看着纸上的名字,"美诗·帕克。她是你们班的吧,拉芙?"

"是的,她寨(在)。①"

----

① 拉芙年纪小,发音不清楚。本书中,用括号标出正确的字。

"我敢说,你很吃惊她会是罪犯吧?我也很惊讶她居然会进男厕所,并且能在墙上喷出那么大的字,她才六岁啊!"

"是啊,"拉芙说,"她还是我最好的胖(朋)友呢!"

说着,她咧开嘴,哭了起来。

我顾不上安慰拉芙,因为计划跟我预想的一样成功了。我找到了那个把刚刷好的墙面毁了的女生。

"我只能把事情报告给校长了。"我说,"我猜他会叫警察来。"

拉芙的哭声越来越响了。不管罪犯是不是她最好的朋友,我都必须告诉校长我们的发现。

"不，你不能去。"哈里说道。

他的话让我吃了一惊："你什么意思？我们已经有了铁证。"

"美诗·帕克不是唯一一个不会写'拉'同时也写错了'斯'的人。"他手里拿着一张纸，"这是詹姆斯·奥博伊尔的，他也写错了。"

这实在令人意外。现在有两个嫌疑人了——不久之后，我们又找到了四个。

拉芙不哭了，因为她意识到美诗·帕克不再是头号嫌疑人。这是件好事，因为她哭得让我头疼。

"那现在怎么办？"陶德问。

"唉！"哈里叹了口气，"我们

没法证明罪犯是这六个人中的哪一个。看来是没希望了,我要回家了。"

就这样,他们全走了。

我一个人留下来,试图想出个新法子,然而并没有。

我已经精疲力竭,什么新点子也想不出来,最后决定用我一开始想到的办法。虽然其他人觉得那是个馊主意,但我不这么认为。我要去趟超市,比对一下我从厕所墙上刮下来的涂料——这是破案的唯一希望了。

第四章

那天我一见到那个涂鸦，就知道它不是用普通涂料弄的——对这种事我很专业。因此当我走进超市的时候，只对一种涂料有兴趣——喷涂料。超市里有你能想到的所有种类的涂料，它们堆得老高，一排接着一排，不过喷涂罐子都放在第三个货架的最底层。

不巧的是，有一位女士正在摆放货品。她穿着一件亮黄色卫衣，衣服上印着超市的名字。我一走到喷涂料那里，她就看到了我。

"需要帮忙吗？"正当我研究那些涂料的颜色，并准备将它们与刮下来的涂料块进行比对的时候，她问道。

我摇摇头，说："不必了，谢谢，我能行。"

她假装已经干完了自己的活，走到我身边。

"那么你打算干什么呢？买这些喷涂料？"

我看着她，什么都没说。

她站在我身边，双手叉着腰，说：

"你不会是想弄点涂鸦什么的吧,不会吧?"这让我有些生气了。"不,我不会。"我说,"我想帮妈妈买些涂料,如果你一定要知道的话,她想重刷一下我家的橱柜。"

"红配绿?有点太扎眼了吧?"

"这是最新潮流。"我说。

但是她不相信我。

"你年纪太小了,不适合自己来这里逛,不是吗?"她说着,双眼充满怀疑地眯了起来。我受够了!当我打算抓起涂料就跑时,罗伯逊先生从拐角走了过来,推着一个装满墙纸的推车。

"达米安,你好啊!"他冲我打

招呼,"你在这儿干什么呢?"

那个女售货员开始盘问起他来。"你认识这小子吗?"她厉声问道。

罗伯逊先生是个好人。他只是微笑着说:"是啊,我认识达米安,他住在我家隔壁。"

"他真住那儿吗?"她阴阳怪气地说,"好吧,我觉得他正想偷几罐涂料。"她鬼鬼祟祟地凑过去,和罗伯逊先生说:"我觉得他是那种会到处在墙上涂鸦的孩子。"

你们真该看看罗伯逊先生的脸色,他真的生气了。

"达米安?涂鸦?绝不可能!我敢说他有充分的理由来买这些涂料。"

他转过身，背对着那个女人，对我说："拿上你要买的东西，达米安，咱们去收银台。犯不着站在这儿受人侮辱。"

"好的，"我边说边拿了涂料，"妈妈还在家等着用呢！"这虽然不是真的，但那个女人并不知道。她确实不该指责我偷东西。

我向她露出了格外无辜的微笑,便走开了,紧跟着罗伯逊先生和他的推车。

直到我们在收银台排队时,我才意识到我一块钱都没带。怎么办呢?不能让我的计划在这个阶段就破产啊!

开动脑筋,我很快想出一个妙计。

"啊,不会吧!"我相当大声地说。"哦,不!"这次的声音更大了。

正从推车里往外拿墙纸的罗伯逊先生回过头,看到我站在那里摸着裤兜。"我兜里破了个洞,钱丢了。"我摇摇头,眉头紧锁,"都是我的错。我早该注意到的。现在我没钱买涂料了。"

罗伯逊先生微笑着说:"没事儿,孩子。我来付钱。你回家以后再给我就行。"

我的妙计奏效了。"那太好了!谢谢你,罗伯逊先生。"我说,"但您不会跟妈妈提这件事吧?她要是知道我把钱丢了,会很生气的。"

"相信我,"罗伯逊先生冲我挤了挤眼睛,"我保证一个字都不说。"

我到家的时候,妈妈不太高兴,因为我比平时晚回去了几分钟。

"你去哪儿了,达米安?"她反复念叨着,"你怎么玩儿到这么晚?你干什么去了?"

但是我必须把嘴封严实了,泄露

任何信息都可能毁掉整个计划。

不算妈妈的质问，一切还算顺利。现在我买到了涂料，破案的事就走上了正轨，只需等到明天一早将计划付诸实践。

第 五 章

事情进展得比我想得要快。我早早地到了学校（那些喷涂罐装在我的裤兜里），却发现警察比我到得更早。有一辆警车停在校园里，一位女警官正在用黄色胶带封锁教师停车场。

我觉得应该去看看出了什么事，便走了过去。

"我是达米安·杜鲁斯，顶级

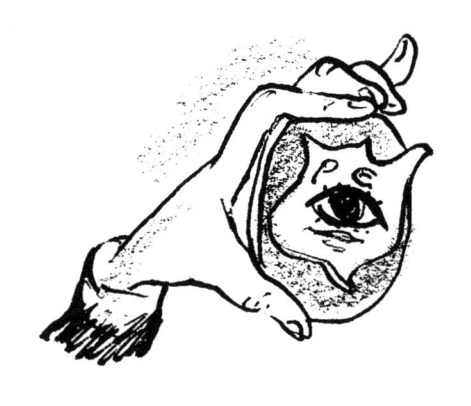

侦探。"我边说，边亮出我的徽章，"这是一个犯罪现场吗？"女警官显然对我的徽章不感兴趣，看都没看一眼。也许我该做个新的了，这个徽章的边缘已经开始变卷。

"你不是应该在教室里吗？"她问道。

"我的破案经验很多，也许能帮上忙。"

她挑了挑眉毛，笑了。"我可不这么认为，"她说，"现在请你离开，去操场玩你的侦探游戏吧！"

每次别人把我当小孩子，我都特别愤怒。不过她应该是个新手，还不知道我是本地的名侦探。要我说，老基特警官应该跟新来的警官们说一声的。

我看继续和她聊也没什么意义，于是假装走开了。但我机智地绕过车尾，从另一边走向停车场。

眼前的一切看得我目瞪口呆！

那是校长的车——银色，闪闪发光，全新，"期普啦特滚回家"几个字用红色涂料喷在了车身上。真是够了！这个人不光弄脏了校长的车，而且连他的名字都写不对，很可能是上次在厕所涂鸦的那个人。

汽车引擎盖上的涂鸦就更糟糕了。

那上面画着一张极其可怕的脸——不仅有一双斗鸡眼，还用绿色涂料画了尖尖的牙齿。这可不是闹着玩儿的，校长肯定气坏了，难怪他打电话报了警。

趁着女警官没看见，我溜到车旁做了一些检查。我先摸了一下引擎盖，发现上面的绿色涂料还是湿的。好极了！这说明罪犯还没走远。

我又快速看了一下红色的字迹——也是湿的。紧接着，我发现了最重要的线索——一个沾着红色涂料的脚印。我简直不敢相信自己的好

运！关键是，我得赶紧把脚印画下来。

举办写字比赛的时候，我把笔记本上所有的纸都撕光了，所以现在得找点儿别的东西来画图。好在我的校服衬衫是白色的，于是我把衬衫前襟拽出来，铺在车上，在上面快速画了一张草图。

我刚画完，正把钢笔往兜里放，一只大手捏住了我的肩膀。

"你觉得自己在做些什么？"他说，"还想再多弄点儿涂鸦吗？"

我转过身，看见一个大块头警官，他长着一双不怀好意的眼睛。又一个警官！

"我是达米安·杜鲁斯，顶级侦

探，"我解释道，"我来这里是帮你们破涂鸦案的。"

他发出了带有讽刺意味的笑声，看起来根本不相信我："你最好跟我过来，小子，咱们看看校长会对你说些什么。"他几乎是把我拖进了学校，一路穿过走廊到了斯普拉特先生的办公室。我愤怒至极。

"我想,我已经抓到那个罪魁祸首了,先生。"警察说着,把我推了进去。

校长正坐在他的办公桌后,闻声抬起了头。当他看见我的时候,大吃一惊。我猜,他肯定是震惊于全校最知名的学生被逮捕了。我等着他吼出诸如"你犯大错了,警官!"一类的话,但是他并没有。

相反,他说:"达米安·杜鲁斯!就是你在我的车上乱喷!"

我呆住了。他怎么会认为我——一个法律的捍卫者会做这种事?

"不是!"我说,"我没有……"

那个警察抓住了我的手,伸给斯

普拉特先生看。

"看看吧,先生。他身上到处是涂料。这不就是喷在您车上的那种涂料吗?"

校长郑重其事地点了点头:"恐怕是的。"

没错,我手指上沾了一些红色和绿色的涂料,衬衫前襟下摆也有一些。但他们难道不明白,那是我搜寻线索时沾到的吗?

我转过身想要对警察解释,但这时,一罐涂料从我兜里掉了出来。

"啊哈!"警察说着,猛地掏出一双橡胶手套戴上,把罐子捡起来装进塑料袋,"更多的证据。"

斯普拉特先生站起身，说："在你带走他之前，我们要先通知他的妈妈。我们会找一间屋子，让他在那里等他妈妈过来。"

他注视着我，嘴角向下耷拉着："今天对学校而言，是非常非常沉重的一天，达米安。"

就这样，我被关进了医务室。我思考着该怎样金蝉脱壳，抓到那个真正的罪犯。

第 六 章

我们学校的安保算不上出色,撬开锁,把窗户打开跑出去,简直小菜一碟。但医务室所在的这层楼有点儿高,我可不想掉到水泥地上,摔折两条腿,可能还要摔坏一只胳膊。

我正盘算着怎么办时,看到哈里和温斯顿穿过学校大门向这边跑了过来。我机智地学猫头鹰叫,来吸引他们注意——当间谍给同伴传递信息的时候，他们就这么干。但是哈里和温斯顿没听到猫头鹰叫，他们压根儿不向我这边看。

最后，我只得大喊："哈里！温斯顿！这儿呢！"

他们跑到窗户下面，抬头冲我喊道："你在做什么，达米安？"

"我被锁在医务室了，想试着脱身。"

"怎么回事？"

"他们觉得是我弄的涂鸦，可能要送我进监狱。"

"我的天！"

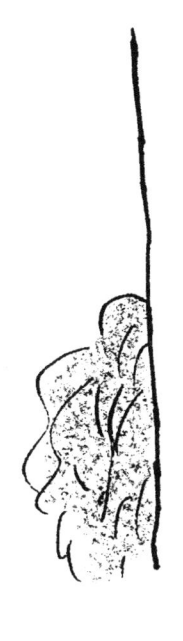

"搭把手,让我下去,行不行?"

哈里面露犹豫:"今天早上有升旗会,我们已经迟到了。"

"就几分钟,没事。"我说。

我让他俩双臂撑着墙站在窗户下面。然后我就可以从窗户钻出来,站在他俩肩膀上。

一切进展得很顺利,直到温斯顿的膝盖一弯,我们摔成一团。好在除了有滴眼泪沾到了我的裤子上,我们并无其他损伤。

"现在你们帮我混进礼堂,我就可以当着全校师生的面宣布那个坏蛋的名字了。"

"你知道是谁了?"

"不知道,但我很快就会知道了。"

多亏我的聪明机智,逃出来时从医务室拿了一件白大褂披在身上作掩护。当我再戴上墨镜和帽子,就没人能认出走在哈里和温斯顿中间、向着礼堂挺进的人是谁了。

只怪我运气不好,就在此时,警察和妈妈赶到了。

"达米安!"妈妈尖声喊道,"你到底在搞什么?"

"快跑!"我说。

我狂奔穿过操场,冲进了礼堂,后面紧跟着哈里、温斯顿、妈妈和那个警察。

斯普拉特先生正在发表他那无聊的演讲。我觉得他应该当一个牧师，这样只要他乐意，随时都可以布道。

站在他旁边的是老基特警官。我猜他来这里的目的是和孩子们讲有关涂鸦案的事。

"达米安·杜鲁斯！"斯普拉特先生喊道，"你怎么跑出来的？伍里堡先生，马上把他带回医务室去。"

但是老基特警官打断了他："让他留下来，告诉我们他为什么会在这里吧，斯普拉特先生。根据我的经验，达米安对破案很有一套。"

真高兴能听到一位资深警官讲些有用的，于是我昂首阔步走向主席台。

"我知道是谁弄的这些涂鸦了，"我宣布，"我有证据。"

我把衬衫前襟拉了出来，这样大家就能看见我画在上面的脚印了。礼堂里回响着倒吸一口气的声音，老基特警官看起来也很惊讶。

我转向校长，说："我要看看每个人的鞋底。"

校长看起来有些不知所措，但是老基特警官严肃地看着他，点了点头。

"行吧，"斯普拉特先生说，"孩

子们，把你们的腿伸出来，让我们看清你们的鞋底。"

没用多长时间，我就发现了罪犯。

"安斯利·斯科特，"我喊道，"你就是那个罪魁祸首！"

他运动鞋的鞋底和我画的图案相匹配，不仅如此，其中一只还沾着红色颜料。

安斯利知道事情败露了，跳起来就往门口跑去，但是陶德、哈里和温斯顿比他快太多了。他们像在球场上

扑球一样拦截他,在其他人赶到之前就把他撂倒了。

涂鸦案就这样破了。

第七章

回到校长办公室,我继续与老基特警官交谈。当然,除了安斯利鞋上的红色颜料和我衬衫上的草图,他还需要更多证据。

"我还有别的。"我说,从口袋里拿出六张比赛答卷。

"这是什么,达米安?"

我解释道:"我们昨天办了一个

很有意思的比赛,这些是和涂鸦文字相匹配的答卷,就是你所需要的证据。"

我把那些纸递过去。他目瞪口呆,快速翻阅着,注意着每一张纸上的名字。

"这是安斯利·斯科特的!"他说道,"你是对的!他不会写'斯'字,还写错了'拉'。干得漂亮!达

米安。"

有时警察在破案的时候需要一点儿帮助，我尽力了。

心怀感激的不只是警察。"你为学校争了光！"斯普拉特先生对我说。

他给了我一盒牛奶巧克力（我的最爱）以表感谢。我想到家后就吃掉它，还打算留一些给其他小伙伴，毕竟他们也帮了忙。

但是那些参加比赛的人可不乐意了。

"奖品呢？"他们埋怨道，"你说过会有奖品的。"

我想蒙混过关，但事情变得愈发难办。他们开始大吼大叫、指指点点，对我纠缠不休。最后，我说："获奖者是美诗·帕克，奖品为一盒巧克力。"

这让他们闭上了嘴。美诗是拉芙最好的朋友，我别无选择，只能把巧克力递给她。

"哦，真谢谢你，达米安。我还从来没赢过什么奖品呢！"

她是个可爱的小孩，我想知道她愿不愿意和侦探小队成员一起训练。

"你可以参加侦探学院的活动,如果你愿意的话,美诗。"

"我真的能来吗,达米安?"她说,"我也能变成拉芙那样的侦探吗?"

"到时候看吧,"我说,"我们放学后碰个头,讨论一下涂鸦案,把你的巧克力带上,侦探学院的新成员总得带点儿吃的,这是传统。"

美诗很开心地接受了邀请。

拉芙很开心她最好的朋友能加入侦探学院。

哈里、陶德和温斯顿都很开心,因为这个案子解决了。

只有妈妈在发脾气。

"你怎么搞的,达米安?"她气哼哼地说,"瞧你的裤子,裤腿全扯坏了。还有你的新校服衬衫，沾的全是涂料。它被糟蹋了！糟蹋了！你就不能不惹麻烦吗？"

我总在想，妈妈到底什么时候才能发现她儿子的天赋。

也许有一天会吧。

也许吧。